FOLIO CADET

Traduit de l'anglais
par Lan du Chastel

Titre original : *Dodos are Forever*
Édition originale publiée par The Penguin Group
© Fox Busters Limited, 1989, pour le texte
© David Parkins, 1989, pour les illustrations
© Éditions Gallimard Jeunesse, 1990, pour la traduction française

Dick King-Smith

Longue vie aux dodos

illustré par David Perkins

GALLIMARD JEUNESSE

1

La demande en mariage

– Oh, Béatrice, s'écria Bertie, vous êtes sans nul doute la plus belle dodo du monde !

Le monde entier, pour les dodos, n'était qu'une minuscule île au milieu de l'océan Indien. Les dodos n'existaient nulle part ailleurs – ce qu'ils ignoraient.

Cette déclaration se situait (ce qu'ils ne savaient pas non plus) en 1650 et précédait (ce qu'ils ignoraient également) l'extinction totale des dodos, ou ce qu'on croyait être, jusqu'à maintenant, leur extinction totale.

Aux paroles de son ami, Béatrice se rengorgea de plaisir. Elle pencha le cou, car elle était un peu plus grande que lui, et, du bout de son long et bizarre bec crochu, lui gratouilla le sommet du crâne.

– Je parie que vous dites cela à toutes les filles, dit-elle avec douceur.

– Sûrement pas ! dit Bertie.

Il regarda alentour l'immense troupeau de dodos occupés à se nourrir le long de la plage, éventrant crabes et coquillages de leur bec, qu'ils utilisaient comme un véritable ouvre-boîtes.

– S'ils disparaissaient tous, cela me serait complètement égal, du moment que vous restez près de moi.

– Sot-sot, dit Béatrice avec gentillesse. De toute manière, c'est impossible qu'ils disparaissent tous. Les dodos n'ont pas d'ennemis, tout le monde sait cela.

Elle disait vrai, à cette époque.

Depuis des dizaines de milliers d'années les dodos vivaient heureux sur cette île et

mouraient de même, le plus souvent de vieillesse. Avec leur énorme corps et leurs ridicules petites ailes, ils ne pouvaient voler comme les autres oiseaux. Mais cela ne les préoccupait guère, car ils n'avaient jamais volé. Lourds, maladroits et gauches, ils ne pouvaient pas courir non plus. Mais ils ne s'en souciaient pas, car ils n'étaient la proie d'aucune créature, et il leur était inutile de courir après quoi que ce fût. L'île était toujours pleine de nourriture pour les dodos.

On trouvait des plantes juteuses et des fruits tombés, des insectes, des scarabées, des grenouilles, des serpents et des fruits de mer en abondance sur les côtes de l'île.

Béatrice et Bertie descendirent lourdement vers la mer, se frayant un passage à travers la cohue des dodos, des grosses poules dodos, des mâles légèrement plus menus et des groupes de petits dodelets, marchant ou jouant, ou simplement se chauffant au soleil sur le sable chaud.

Il faisait merveilleusement beau. La brise du large était rafraîchissante, et les vagues scintillaient et étincelaient jusqu'à l'horizon lointain.

Bertie s'éclaircit la voix :

– Humm, dit-il, il fait vraiment un temps très agréable pour la saison.

– Sot-sot, dit Béatrice. Le temps est

toujours très agréable ici, quelle que soit la saison.

Elle fit quelques pas dans l'eau, suivie de Bertie, puis ils se tinrent côte à côte et regardèrent la mer, savourant la sensation de l'eau tiède tourbillonnant autour de leurs grosses pattes.

– C'est le paradis terrestre, dit-elle. Comme nos ancêtres l'ont toujours connu depuis le début des temps.

– Et comme nos enfants le connaîtront, osa Bertie avec audace. Aussi sûr qu'un œuf est un œuf !

– Oh, Bertie ! dit Béatrice. Vous êtes un drôle d'oiseau ! Et elle lui donna un petit coup de coude enjoué qui le fit tituber.

Bertie se remit d'aplomb et se rappro-cha de Béatrice jusqu'à ce qu'un de ses drôles de petits bouts d'ailes touchât celle de Béatrice. Il s'éclaircit à nouveau la voix.

– Béatrice, dit-il.

– Oui, Bertie ?

– Je me demandais…

– Oui, Bertie ?

– Oh, flûte ! dit Bertie. Ce que je veux dire est que… je serais le dodo le plus heureux du monde si…

– Oui, Bertie ?

– … si vous acceptiez de m'épouser.

– Oui, Bertie.

Bertie avala sa salive.

– Vous voulez dire que vous acceptez ? dit-il. Béatrice ne répondit pas, et Bertie, lui lançant un regard de côté, vit qu'elle fixait la mer vers l'horizon, vide lorsqu'ils s'étaient mis à patauger dans l'eau et qui ne l'était plus désormais. Vers eux naviguait un grand vaisseau (bien qu'aucun dodo ne sût ce que cela pouvait être).

– Qu'est-ce que c'est ? demanda Béatrice.

– Aucune idée, dit Bertie. Mais cela ne nous concerne pas. Vous ne m'avez pas répondu. Béatrice, voulez-vous m'épouser ?

— Bien sûr, Bertie chéri, dit Béatrice.
Et nous serons très heureux, et nous
aurons beaucoup d'enfants. Ils restèrent
aile contre aile, regardant placidement le
grand vaisseau se rapprocher de la plage.

2

Mort d'un personnage

Au grincement de la chaîne d'ancre, tous les dodos s'interrompirent et levèrent la tête pour regarder vers la mer.

Seuls les petits dodelets, indifférents à leur sombre destin, continuaient à jouer le long de la plage vers laquelle s'avançaient deux étranges animaux qui ressemblaient à des scarabées d'eau géants franchissant les vagues à la rame.

Béatrice, Bertie et tous leurs compagnons observèrent avec étonnement les marins accoster, puis sauter hors de leurs barques pour les tirer sur le sable.

— Regardez, Bertie, dit Béatrice. Quels drôles d'oiseaux ! Ils n'ont pas de plumes, ni de véritable bec, et leurs ailes sont des plus bizarres.

Bertie n'avait jamais vu d'être humain, mais il y avait des singes dans l'île et il les avait souvent vus debout sur leurs pattes arrière, jacassant exactement comme le faisaient ces créatures.

— Mais ce ne sont pas des oiseaux, affirma-t-il sur un ton de connaisseur. Ce sont des singes.

— Des singes, dit Béatrice, venant de la mer ?

— Des singes de mer, dit Bertie avec assurance.

— Ils ont l'air vraiment excité ! dit Béatrice. En effet, les marins avaient l'air aussi joyeux que des gamins jouant sur le sable, tout heureux de retrouver la terre ferme après plusieurs mois de mer. Leur seule nourriture, depuis si longtemps, consistait en du bœuf sec et coriace, en biscuits de mer bourrés de charançons, et leur eau potable était restée si longtemps en tonneau qu'elle ressemblait davantage à une soupe verdâtre frétillante de corps étrangers.

Ils n'avaient qu'une idée en tête : trouver de l'eau douce, de l'eau pure, de l'eau fraîche. Au bout de la plage ils trouvèrent un ruisseau, et ils y burent jusqu'à plus soif. Puis quelques marins remplirent des tonneaux vides, tandis que d'autres commençaient à explorer l'île. Ils découvrirent toutes sortes de fruits qu'ils engloutirent. Ils secouèrent les cocotiers et fendirent les noix avec leur sabre d'abordage.

C'est seulement après avoir mangé et bu tout leur saoul que les marins remarquèrent vraiment les dodos. Ils les observèrent d'abord, puis se moquèrent de ces gros volatiles qui se dandinaient en caquetant.

Deux amis de Béatrice et de Bertie vinrent les rejoindre. Fatima et Félix étaient mariés depuis peu. Les quatre amis passaient beaucoup de temps ensemble à fourrager en quête de nourriture, à se dorer au soleil ou tout simplement à bavarder.

Les deux couples se frottaient maintenant le bec selon la coutume en usage chez les dodos, puis Félix dit :

– Mon vieux Bertie, qu'est-ce que c'est que ces drôles de créatures ?

– Oui, c'est quoi, Béatrice, vous le savez ? demanda Fatima.

– Ce sont des singes de mer, répondit Béatrice.

– Des singes de mer ?

– Oui, c'est ce que dit Bertie, dit Béatrice.

Bertie avait l'air de quelqu'un qui s'y connaît.

– Mais je vais vous annoncer quelque chose de bien plus important que Bertie vient de me dire ! s'écria Béatrice. Ou, plutôt, quelque chose qu'il vient juste de me demander.

Bertie parut ravi.

– Quoi donc ? s'exclamèrent Fatima et Félix.

– Bertie, dit Béatrice, vient juste de me demander en mariage. Nous sommes fiancés.

– Oh, Béatrice, s'écria Fatima, c'est merveilleux !

– Félicitations, Bertie, vieux frère ! dit Félix. Vous êtes un heureux dodo !

C'est alors qu'avant de pouvoir dire un mot de plus ils furent presque renversés par une débandade de dodos glapissant de terreur. Derrière eux venaient les marins. Ils n'étaient plus en train de clabauder mais couraient très vite.

Certains tenaient leur sabre à la main, d'autres de gros gourdins, et tous gagnaient rapidement de vitesse les oiseaux les plus gros et les plus poussifs.

Béatrice, Bertie et leurs deux amis prirent leurs pattes à leur cou et coururent aussi vite qu'ils le purent, ne s'arrêtant que bien à l'abri dans les arbres et lorsqu'ils n'entendirent plus aucun bruit de poursuite.

– Oh, Bertie ! haleta Béatrice. À quoi donc jouaient ces singes de mer ?

La réponse leur serait apparue clairement s'ils s'étaient hasardés sur la plage ce soir-là.

Au-dessus d'un grand brasier qui flambait sur le sable, les marins faisaient cuire leur dîner. Un fumet riche et appétissant s'envolait dans la brise de mer, et les marins en avaient l'eau à la bouche. C'était le fumet d'un dodo rôti.

3

La tante

Le matin suivant, la plupart des dodos avaient quasiment oublié les incidents de la veille et émergeaient de l'abri des arbres pour ratisser la plage comme d'habitude. Leur nourriture quotidienne se composait de déchets. Tous les jours, l'océan Indien rejetait une grande variété de choses comestibles, chairs ou poissons morts. Le cercle de cendres grises sur le sable doré ne signifiait rien pour les dodos, ni la vague odeur de viande rôtie qui subsistait encore. Comme pour la plupart des oiseaux, leur odorat était très peu développé et même inexistant. Même s'ils avaient remarqué le tas de plumes près des cendres, ou la pile d'os éparpillés, de funestes conclusions ne s'étaient pas imposées à eux.

Quant à la vue du vaisseau mouillé au creux de la vague, elle ne les troublait pas, tant ils se sentaient en sécurité dans la paix et la tranquillité de leur paradis terrestre.

Bertie, Béatrice et leurs amis Félix et Fatima arrivèrent tard sur la plage. Plus réfléchis, plus intelligents peut-être que la moyenne des dodos, ils avaient passé quelque temps à discuter avant la quête matinale de la nourriture. Le fait que Bertie, et Bertie seul, connût l'identité des créatures qui avaient accosté sur leur île impressionnait les autres.

– Ces singes de mer, dit Béatrice, vous les avez déjà vus avant, Bertie très cher ?

– Jamais, dit Bertie.

– Pourtant, vous les avez tout de suite reconnus, n'est-ce pas, mon vieux? dit Félix.

– Bien sûr, mentit Bertie.

– Mais pourquoi nous pourchassaient-ils, Bertie? demanda Fatima. Ce n'est pas pour nous blesser. Les dodos n'ont pas d'ennemis, tout le monde sait cela.

– Des énervés, dit Bertie. Les singes de mer sont comme le reste de leurs congénères: des animaux excitables, oisifs et pas sérieux. Je ne comprends pas pourquoi vous avez tous couru.

– Vous aussi, vous avez couru, s'écrièrent-ils en chœur.

– J'ai été pris dans la bousculade, dit Bertie.

– Eh bien, moi, je sais pourquoi j'ai couru, dit Béatrice. J'avais peur.

– Moi aussi, dit Fatima.

– Et moi aussi, admit Félix.

Ils regardèrent tous les trois Bertie d'un air interrogatif.

– Très bien, dit-il d'une voix renfrognée. C'est vrai, j'ai eu peur aussi. Mais tout ira bien désormais. Les singes de mer doivent être partis.

«Je le souhaite, du moins», pensa-t-il.

Et, de fait, quand ils arrivèrent à la plage les singes de mer avaient disparu. Ils ne virent que le troupeau habituel de dodos occupés à fouiller le sol.

Les quatre oiseaux buvaient au ruisseau selon la manière typique des dodos, marchant à reculons, la tête penchée écopant l'eau dans leur gros bec recourbé, lorsque soudain Bertie entendit qu'on l'appelait.

Une poule dodo d'un certain âge apparut, l'air très agité. Son bec béait de détresse. Le plumet duveteux de son arrière-train généreux pendait avec mélancolie ; il avait perdu ce panache propre à celui que les dodos arborent fièrement à cet endroit.

– Bertie, répéta à nouveau l'oiseau d'un ton lugubre. L'as-tu vu ?

– Quoi ? dit Bertie comme elle s'approchait. C'est tante Florence. Qu'est-ce qu'il y a donc, ma tante ? Si j'ai vu qui donc ?

– Ton oncle, dit tante Florence d'une voix pantelante. Je ne le trouve nulle part. J'ai cherché, j'ai demandé, mais personne ne semble avoir vu ton oncle Éric. Je l'ai perdu de vue hier après-midi quand il y a eu cette stupide bousculade. Il ne peut pas courir très vite, tu te rappelles, à cause de son accident.

L'oncle de Bertie avait en effet perdu deux des trois doigts de sa patte avant lors d'une regrettable rencontre avec une palourde géante qui s'était refermée sur son pied pendant qu'il farfouillait dans les hauts-fonds ; la palourde l'avait si violemment pincé que deux doigts furent sectionnés.

– Il n'est pas venu dormir cette nuit, dit tante Florence. En fait, ton oncle Éric semble avoir disparu de la surface de l'île.

– Ne vous inquiétez pas, ma tante, dit Bertie, je suis sûr qu'il est quelque part. Félix et moi allons entreprendre une recherche méticuleuse. Restez ici, et reposez-vous un peu.

– Oui, dit Béatrice. Désaltérez-vous bien, cela ira mieux après.

– Et nous allons vous trouver quelque chose à manger, dit Fatima.

Bertie et Félix se mirent en quête de l'oncle absent et, chemin faisant, ils passèrent devant l'endroit où le feu était maintenant éteint.

– Qu'est-ce que c'est que ces os ? dit Bertie.

– Et ces plumes ? dit Félix.

À cet instant la brise du large souleva le tas de plumes en les dispersant. Les deux amis purent alors voir un curieux objet. Ils l'examinèrent.

C'était un pied de dodo, un pied avec un seul doigt.

– Par ma foi ! s'écria Bertie. Mon oncle !

– Hélas, pauvre Éric ! dit Félix. Être ou ne pas être. Il secoua la tête, incrédule. Saurons-nous jamais le fin mot de l'histoire ? C'est la question.

– Oncle Éric a comblé la faim des marins, dit Bertie. Voilà la fin de l'histoire.

– Saviez-vous que les singes de mer mangent les dodos ? demanda Félix.

– Non, avoua Bertie.

Félix fixa au loin le navire.

– Pensez-vous qu'ils vont revenir ? dit-il.

– Non, mentit Bertie.

« Que faut-il faire ? pensa-t-il. Si ces singes de mer ont aimé le goût de l'oncle Éric, ils vont revenir se servir. »

– Il ne faut pas que tante Florence le sache, dit Bertie. Le choc la tuerait.

– Ce serait peut-être ce qu'on pourrait lui souhaiter de mieux, remarqua sèchement Félix.

– Regardez !

Du navire, les deux scarabées d'eau géants revenaient vers la plage à la rame.

4

Un massacre

– Tous aux abris ! cria Bertie.

Dissimulés par les arbres au bord de la plage, ils regardèrent les marins sauter des barques pour les échouer à nouveau. Cette fois, ils ne se précipitaient pas comme des fous, ils n'essayaient pas non plus de poursuivre les dodos, mais marchaient calmement parmi eux.

Tous les oiseaux, même les dodelets, s'immobilisèrent et les regardèrent tranquillement.

Bertie et Félix virent que l'un des singes semblait être leur chef. Il portait un drôle d'objet sur la tête (les dodos ignoraient ce qu'était un chapeau et un tricorne encore plus) et marchait devant les autres. Un perroquet vert était juché sur son épaule.

– Cette fois, ils paraissent assez calmes, dit Félix.

– Et si, après tout, ce n'était pas eux qui avaient tué oncle Éric ? Il a peut-être succombé à une crise cardiaque due à l'affolement général.

– Et, bien sûr, il s'est plumé et rôti tout seul, dit Bertie, sarcastique.

À peine avait-il prononcé ces mots que le chef s'arrêta en désignant le dodo le plus proche. Immédiatement, un singe de mer sortit un lourd gourdin et assomma l'oiseau qui s'effondra inanimé sur le sable ; le perroquet vert poussa un grand cri.

Fascinés et frappés d'horreur, Bertie et Félix virent le chef des singes de mer désigner les oiseaux les uns après les autres. Les uns après les autres, ils étaient assommés par le gourdin. Et, chaque fois, le perroquet criait.

Quand les marins étaient revenus du premier débarquement, le capitaine du navire avait dit: « Ça ressemble à du poulet, hein ? Écoutez-moi, mes jolis. Demain nous retournerons à terre nous approvisionner, et ce sera la fête. Ce qu'on ne pourra pas manger tout de suite, on le salera et on le gardera dans le tonneau à bœuf, et vous me ferez un bel édredon avec toutes les plumes. On va commencer par deux douzaines des plus gras, qu'en dites-vous, mes enfants ? » « Ouais, ouais, capitaine ! » avaient rugi les marins, « Ouais, ouais, capitaine », cria le perroquet sur son épaule.

Ce matin-là, le perroquet lança vingt-quatre fois son cri pendant que Bertie et Félix regardaient, impuissants. Les autres dodos, immobiles, fixaient stupidement le chargement des corps de leurs compagnons sur les chaloupes. Le beau temps clair du matin avait disparu. Le vent était tombé et le ciel avait viré au jaune aveuglant.

Alors, soudain, comme en signe de deuil des dodos massacrés, un gros cumulus apparut à l'horizon, tel un linceul. On entendit alors un gémissement lointain et plaintif.

Les marins étaient à peine remontés sur le navire que la mer assombrie commença à se soulever et à se creuser. Soudain on y vit, nageant farouchement vers la plage, une petite légion de boules de fourrure grise. Les rats abandonnaient le navire.

Le gémissement semblait se rapprocher et devenait plus fort et aigu. Tous les dodos virent alors au loin un grand mur blanc avançant sur la mer vers le navire, vers la terre, vers eux, à une vitesse insensée.

Près du ruisseau, Béatrice et Fatima réconfortaient tante Florence d'une légère collation de crevettes quand Bertie et Félix accoururent vers elles (plus exactement, ils se dandinèrent aussi vite qu'ils le purent).

– Vite ! cria Bertie. Tous sur les hauteurs. Derrière eux, le typhon éclatait sur l'île.

Le raz de marée dévasta en un clin d'œil la plage avant de revenir à l'océan, tandis que le vent hurlait autant que tous les diables de l'enfer. Le vent balaya une myriade de pauvres petits oiseaux chanteurs, et une quantité de dodelets connurent ainsi la voie des airs pour la première et la dernière fois de leur vie. La puissance du typhon arracha même les palmiers du sol et l'air fut rempli de branches et de feuilles pendant que s'abattait une canonnade de noix de coco. L'une d'elles percuta tante Florence sur la tête. Comparé au coup de gourdin des marins, c'était une chiquenaude, mais suffisante pour la faire tomber dans les pommes.

Entassés pêle-mêle, aveuglés par le sable et les embruns, giflés par des débris volants, Bertie et les autres étaient assourdis par les hurlements de l'orage, le typhon secouait l'île comme un chien secoue ses puces. Cela dura quelques minutes qui semblèrent être des heures. Puis le typhon s'éloigna.

Le calme revenu, les quatre amis ne se rappelaient même pas la fureur du typhon tant ils étaient paralysés de frayeur. Tante Florence, quant à elle, ne se rappelait rien de rien.

– Ma tante ! Ma tante ! criait anxieusement Bertie quand ils la retrouvèrent prostrée. Parlez-moi, tante Florence.

Tante Florence ouvrit les yeux au bout d'un moment et le regarda.

– Je ne crois pas que nous ayons été présentés, dit-elle.

– C'est moi, Bertie ; vous me reconnaissez ?

– Bertie ? Je ne connais personne de ce nom.

– Mais je suis votre neveu !

Tante Florence se redressa.

– Enchantée, dit-elle gentiment. J'ai toujours désiré avoir un neveu. Comment allez-vous ?

Les autres se regardèrent. Puis ils regardèrent la grosse noix de coco tombée près d'elle et la bosse en forme d'œuf que tante Florence avait sur le crâne.

– Perdu la mémoire… dit Bertie à voix basse.

– C'est aussi bien, dit Félix.

– Pourquoi ? demandèrent Béatrice et Fatima.

– Parce qu'elle a aussi perdu son mari, dit Bertie qui leur raconta la triste fin de son oncle puis le massacre des dodos.

– Mais c'est horrible ! s'écria Béatrice. Au

moins, tante Florence a échappé à un tel sort. Il vaut mieux être veuve que morte.

— Peut-être, dit Fatima, dubitative.

— Dites-lui le nom de son mari, Bertie, suggéra Béatrice. Elle ne nous reconnaît pas, mais elle se souvient sûrement de lui.

— Ma tante, dit Bertie, connaissez-vous quelqu'un nommé Éric ?

— Non. Heureusement ! répondit tante Florence. Je n'aime pas du tout ce nom. Bon, maintenant, allons à la plage manger quelque chose. J'ai faim.

Quand enfin les cinq dodos arrivèrent à la plage après s'être frayé un chemin à travers l'enchevêtrement de palmiers, Félix et Fatima partirent dans une direction et tante Florence dans une autre. Bertie et Béatrice restèrent aile contre aile à contempler la scène. Il n'y avait aucune vie sur la plage. Même les goélands semblaient avoir été avalés par le typhon. Quant au navire, il n'y en avait plus aucune trace.

– C'est un vent malfaisant qui n'a rien apporté de bon, dit Béatrice. Mais, au moins, ces horribles singes de mer sont partis. Soudain, une grosse voix rude les fit sursauter.

– Ohé, mes jolis ! criait-elle.

Se retournant, ils virent un perroquet vert avancer dans leur direction.

Arrivé près d'eux, il s'arrêta et leva la tête, les examinant d'un œil brillant.

– Damnation et mille tonnerres ! dit-il plus doucement. Bourlingué sur les sept mers, et jamais vu des oiseaux comme vous. Dites-moi, espèces de lourdauds bouseux, comment c'est-y qu'on vous appelle ?

– Nous sommes des dodos, dit Bertie. Je me nomme Bertie, et voici ma fiancée, Béatrice. Qui êtes-vous ?

– Mon nom est Drake, dit le perroquet vert.

– Drake ?

– Sir Francis Drake est mon titre entier, mais j'vous en fais grâce.

– Sir Francis Drake… dit Bertie pensif. C'est vraiment un beau nom.

– On m'a donné le nom du plus fameux des marins, déclara le perroquet.

– Marin ? Qu'est-ce qu'un marin ?

– C'est ceux qui vont sur les mers en bateau et qui y font leur besogne ; mais à terre ils font aussi de la sale besogne, comme vous avez pu le voir aujourd'hui.

– Oh, vous parlez des singes de mer ! dit Bertie.

– C'était donc vous qui étiez sur l'épaule de leur chef, n'est-ce pas ?

Sir Francis Drake éclata d'un rire perçant.

– Quoi, des singes de mer ? C'est comme ça que vous les appelez ? Eh ben, vous en faites plus pour eux. Z'avez plus rien à craindre d'eux.

– Pourquoi ? demanda Béatrice.

– Parce qu'i' sont tous partis voir les petits poissons.

– Je ne comprends pas, dit Bertie.

– C'est simple, dit sir Francis, les poissons les ont mangés tout crus, voilà ce qui leur est arrivé.

– Mais vous ne pensez pas que certains d'entre eux ont pu s'échapper à la nage ? demanda Béatrice.

– Les requins, répondit brièvement le perroquet. Les marins, continua-t-il, sont des êtres intelligents. I' savent rouler la voile et gouverner un navire, peuvent épisser une corde, reporter le compas et courir dans la mâture comme les singes que vous pensez qu'i' sont. Mais quand le navire sombre, sombrent les marins. Tout au fond de la grande bleue salée. Par cinq brassées bien tassées repose mon capitaine aimé. Il était plus grand, plus fort et plus intelligent que son vieux perroquet, mais devant le typhon y avait juste une chose que moi j'savais faire et pas lui…

– Quoi donc ? demanda Bertie.

– Voler, lança sir Francis Drake.

– Ça doit être bien de pouvoir voler,

dit Béatrice pensivement. J'aimerais bien voler, ça semble si gracieux !

Le perroquet pouffa de rire en imaginant la grosse Béatrice en train de voler, mais il se débrouilla pour déguiser son rire en une espèce de sifflement admiratif.

– Vous ne pouvez pas être plus gracieuse que vous ne l'êtes, mon cœur, dit galamment Bertie.

– Sot-sot, répondit Béatrice tendrement en lui donnant un coup d'aile qui le fit chanceler.

– C'est un veinard, ce Bertie, d'épouser une jeune personne si élégante, dit le perroquet sans sourciller.

– Ah! merci… heu… hum, bafouilla Bertie.

– Oh, vraiment, monsieur… hum… heu, gloussa Béatrice.

– Appelez-moi Franck, dit sir Francis Drake. C'est mon nom, et franc je suis. Et je vais vous dire quelque chose à tous les deux, parce que vous m'plaisez. Tôt ou tard, un autre navire arrivera, et cette fois ce sera pas un typhon qui s'amènera pour vous sauver la vie. Cette fois, rappelez-vous bien c'que j'dis, les singes de mer vous tueront jusqu'au dernier. I' sont comme ça. Jusqu'au dernier. Et quand ceux-là seront morts, eh ben, plus de dodos.

– Plus de dodos! s'écria Béatrice. Mais c'est impossible!

– Vous plaisantez, Franck, dit Bertie. Les dodos existeront toujours.

5

Un mariage

Plusieurs jours après la tempête, les dodos survivants étaient encore hébétés. Il y avait beaucoup de morts. Presque tous les oiseaux avaient à pleurer quelque parent, massacré par les singes de mer ou noyé par le raz de marée. Le moral était au plus bas. Tante Florence, elle, était parfaitement sereine puisqu'elle ne se rappelait rien du tout.

Voir tant de tristes mines exaspéra sir Francis.

– J'suis peut-être naufragé, dit-il à Bertie et aux autres, mais j'ai rien contre un peu de gaieté de temps à autre ! Il est temps de rompre les amarres, de s'amuser, mes jolis, de boire un coup, de trouver une cavalière, de danser et de faire les fous. Mangez, buvez et soyez joyeux car demain… Il s'arrêta brusquement.

– Demain quoi, Franck ? demanda Bertie.

Sir Francis Drake le regarda puis regarda Béatrice, et il eut soudain une idée.

– Demain, dit-il, on va avoir un mariage.

Même qu'il y aura un festin où on invitera tous les dodos, et tout le monde oubliera ses ennuis. Quant à vous deux, eh ben, foin de vos soucis !

– Oh, Franck, s'écria Béatrice. Quel sacré numéro vous êtes ! Elle essaya de lui donner un de ses petits coups d'aile, mais il sauta habilement hors d'atteinte.

Ce fut une belle fête.

Une fois la nouvelle répandue, tout le monde s'affaira. On se mit à rassembler des provisions de choix, les plus beaux fruits, les coquillages les plus charnus et les plus succulents. On ouvrit des noix de coco pour fournir les boissons. Sir Francis goûta du lait de coco pour la première fois de sa vie.

« Rafraîchissant, se dit-il, mais ça vaut pas un petit godet de rhum. »

Le jour du mariage se leva, éclairé d'un soleil éclatant comme d'habitude, et, à part quelques femelles qui couvaient, tous les dodos de l'île se rendirent à la cérémonie que sir Francis dirigeait. («Un capitaine de navire peut célébrer un mariage, se dit-il, donc un amiral le peut aussi.») Félix était témoin et Fatima demoiselle d'honneur.

Tout le monde s'amusa beaucoup et oublia ses soucis comme sir Francis l'avait prédit.

Tante Florence, elle, ayant déjà tout oublié, n'avait de toute manière plus aucun souci à se faire. En réalité, elle était tellement grisée par la fête (et peut-être aussi par trop de lait de coco, légèrement fermenté par le soleil) qu'elle dut s'appuyer contre l'aile d'un parfait étranger. C'était un dodo d'âge mûr, mais bien conservé, nommé Hugo, venant d'une autre partie de l'île. Ils étaient encore ensemble, remarqua Béatrice, lorsque Bertie et elle partirent en voyage de noces sur une plage éloignée.

Plusieurs semaines s'étaient écoulées. Bertie demanda à sa femme si elle était heureuse.

– Oh, Bertie, vraiment, bien sûr que je le suis !

En effet, même si on n'était pas un jeune marié, le bonheur était l'état normal des dodos. Aucun dodo n'avait jamais été malheureux. Ils vivaient le plus souvent jusqu'à un âge avancé dans un climat quasiment idéal avec abondance de nourriture et sans le moindre ennemi.

Ceci jusqu'à l'arrivée des singes de mer… Mais, grâce à une mémoire courte, à l'excitation du mariage et à l'influence du toujours gai sir Francis Drake, personne n'eut plus jamais une pensée pour ces effrayantes créatures. Elles avaient sombré au fond de la mer et de la mémoire des dodos. Et ceux-ci avaient également oublié que sir Francis Drake n'était pas le seul rescapé du naufrage.

Au moment même où Béatrice et Bertie marchaient et parlaient sur la plage, des yeux perçants les observaient, bien cachés. Des nez pointus aux moustaches frémissantes se relevaient. En effet, une vingtaine de rats avaient pu aborder en nageant du navire. Ils étaient maintenant dix fois plus nombreux sur l'île, tant ils s'étaient multipliés.

Les rats mangent n'importe quoi et de tout. L'île regorgeait de nourriture pour eux. Mais ils découvrirent de surcroît bien vite une mine de friandises : les œufs de dodos !

Par-dessus tout, les rats raffolent d'œufs et, quand les naufragés tombèrent par hasard pour la première fois sur un œuf de dodo, leurs yeux perçants leur sortirent presque des orbites tant ils étaient joyeux et surpris devant cet œuf si gros. Un seul rat n'aurait pu l'ouvrir tout seul.

Il aurait à peine pu le mouvoir mais, à plusieurs, ils se mirent à le pousser et à le faire rouler contre une pierre saillante. Une fois l'œuf brisé, les rats y fourrèrent leur nez pointu et se gavèrent.

Déjà, sans que les dodos s'en aper-
çussent, les rats étaient devenus aussi dan-
gereux que les singes de mer. La poule
dodo ne fait pas de véritable nid pour
l'œuf unique qu'elle pond. Elle le laisse
n'importe où, à sa fantaisie, par exemple
dans un creux de sable ou d'herbe. Étant
lente d'esprit et de mouvement, il lui
arrive souvent de ne pas le couver tout de
suite. Elle n'est guère pressée de s'accrou-
pir pendant six semaines dans la chaleur
diurne ou le froid nocturne sur son gros

œuf. (Cet œuf est blotti contre la plaque de couvade dégarnie du milieu de son gros ventre, ventre que son compagnon ne doit cesser de remplir pendant la longue incubation.) « Pas d'urgence, pense-t-elle. J'ai le temps. » Alors elle s'éloigne, laissant toute liberté d'action aux rats.

Partout on voyait des poules dodos revenant à l'endroit où elles avaient laissé leur œuf. Elles n'y trouvaient rien et, perplexes, pensaient qu'après tout elles n'avaient rien pondu.

Maintenant les rats avaient pris l'habitude de suivre les dodos isolés et une bande d'entre eux observaient Béatrice. Ils avaient réalisé que c'étaient les gros dodos qui pondaient les œufs. Les dodos eux-mêmes n'avaient rien à craindre des rats – un petit coup de leur bec, capable de casser une noix de coco, aurait fendu un crâne de rat –, mais les rats se seraient léché les babines s'ils avaient pu comprendre ce que Béatrice révéla.

– À propos de bonheur, Bertie très cher, dit-elle, est-ce possible d'imaginer un bonheur encore plus grand?

– Impossible, répondit Bertie.

– Tu ne vois vraiment rien qui rendrait notre vie encore plus merveilleuse?

– Non, dit Bertie.

– Papa! souffla timidement Béatrice.

Le bec de Bertie s'ouvrit de stupeur.

– Tu veux dire…

– Oui, mon chéri, je vais avoir un œuf.

6

Un œuf

– Quand? demanda Bertie.

– D'un moment à l'autre, semble-t-il.

Bertie, paniqué, regarda autour de lui. Il ne vit que les nombreuses familles de dodos sur la plage, il ne vit pas les rats embusqués. Les parents se chauffaient au soleil pendant que les petits jouaient sur le sable.

– Pas en public! dit-il.

– Pourquoi pas? C'est parfaitement naturel!

Mais Bertie ne supportait pas l'idée que son enfant – ou ce qui allait le devenir – pût venir au monde devant tant d'étrangers. Il conduisit donc Béatrice en hâte à l'abri des arbres bordant la plage. Une demi-douzaine de formes grises rampaient derrière eux, leur longue queue dénudée traînant sur le sable. De leur cachette, elles regardaient Béatrice qui avait trouvé un creux adéquat et s'y accroupissait.

Bertie s'agitait comme le font les futurs papas. Il allait et venait à grands pas, se balançant d'une patte sur l'autre, incapable de rester calme une seconde. Tout à coup Béatrice émit une sorte de grognement, puis se releva. Là, sur le sol, Bertie put voir un énorme œuf tout frais et étincelant. La coquille – couleur de perle – était tachetée d'une myriade de petits points roux. Il avait déjà vu des centaines d'œufs de dodos, mais incontestablement, celui-ci était le plus beau.

– Oh, Béatrice, mon amour ! C'est magnifique ! dit-il.

– C'est vrai, même si c'est moi qui le dis, répondit-elle.

– Notre bébé… souffla Bertie.

– Enfin, pas tout à fait ! dit Béatrice. Nous ne sommes pas encore sortis de l'auberge. Et, avant de me mettre à couver, je ferais bien un sort à un bon repas. L'effort m'a creusé l'estomac.

– Mais !... on ne peut pas *le* laisser, *la* laisser seule ici ? dit Bertie.

– Pourquoi pas, sot-sot ? Il ne risque rien ! Et Béatrice s'éloigna vers la plage, suivie par Bertie.

Comme ils s'en approchaient, ils reconnurent une voix familière qui criait « ohé ! » du sommet d'un arbre.

Ils levèrent le bec et virent sir Francis Drake.

– Alors, comment vous traite la vie, les amis ? dit-il. Tout va bien au quart de tour ?

– Devinez quoi, Franck, s'exclama Bertie tout ému. Béatrice vient de pondre un œuf !

– Où ça ? dit sir Francis d'une voix sèche.

– Là-bas, dans les arbres, dit Bertie. On ne peut pas le rater. Il est magnifique, d'une belle couleur toute tachetée, n'est-ce pas, ma chérie ? Nous vous le montrerons tout à l'heure, Franck.

Mais il s'aperçut que le perroquet venait de s'envoler à tire-d'aile dans la direction qu'ils venaient de quitter.

— Eh bien, vraiment, grommela Bertie, il est très impoli. Il aurait quand même pu nous dire un mot de félicitations !

— Oh, pour lui, c'est un événement sans importance, répondit Béatrice, qui avait tout de même l'air vexé.

Dès que les dodos eurent disparu, les rats étaient entrés en action. Ces rats-là n'étaient pas des rats ordinaires. Leur chef était une grande femelle âgée. C'est elle qui, la première, peu après le typhon, trouva un œuf de dodo qu'elle cassa et mangea, aidée de ses cinq fils. Depuis lors, elle les avait formés en une équipe d'une efficacité impitoyable. Grâce à leur habileté, et fortifiés par la richesse de leur nourriture, ils étaient tous devenus anormalement grands et forts. La vieille rate elle-même était plus grosse et plus rusée que tous les rats de l'île. Elle se nommait Lucrezia Borgiac. Elle était très avide, toujours à s'empiffrer au point d'éclater.

Les cinq fils Borgiac étaient maintenant rangés derrière l'œuf de Béatrice qu'ils pressaient de leur museau tandis que leur mère les exhortait.

– Soulevez-le, les enfants, glapissait Lucrezia de sa voix perçante. Comme ça ! Tous ensemble, allez, maintenant ! Elle commença à diriger une pierre coupante vers la pente où allait rouler l'œuf. La dernière chose à laquelle ils s'attendaient était bien une violente attaque aérienne.

Dès l'instant où il avait appris que Béatrice venait de pondre un œuf, sir Francis Drake avait su qu'il n'y avait pas une minute à perdre. Les dodos étaient peut-être ignorants des ravages que les rats commençaient à causer sur l'île, mais pas lui. Lors de ses vols au-dessus de l'île, il avait vu les vandales à l'œuvre. Il savait que l'œuf de Béatrice était déjà en grand danger. Sir Francis connaissait bien les rats de par sa longue expérience en mer. Il les avait vus courir le long des amarres pour aborder un navire ou le quitter à un port d'escale… Il n'ignorait rien des dégâts causés dans la cambuse, dans la cale d'un navire ou même dans la cuisine. Là, les rats étaient capables de voler le cuistot à sa barbe. (Et, non seulement il les avait vus manger, mais il lui était plus d'une fois arrivé de les voir être mangés par un marin affamé. Un rat engraissé de biscuits de mer pouvait faire un bon repas.) Il savait aussi qu'ils étaient lâches par nature. Quand il aperçut ceux-ci s'attaquant déjà à l'œuf de Béatrice, il ne douta pas un instant qu'ils refuseraient le combat.

La surprise était une arme considérable, le petit amiral le savait, aussi vola-t-il sans bruit pour ne pas donner l'alerte avant d'être quasiment au-dessus d'eux. C'est alors seulement qu'il les foudroya d'une soudaine pétarade de mots.

– Tout le monde sur le pont! vociféra sir Francis Drake du plus fort qu'il put, en fonçant sur les Borgiac. Prêts à repousser les assaillants! À vos piques, à vos sabres d'abordage, les gars! Embrochez-les!

En entendant cette tirade, les cinq jeunes mâles abandonnèrent l'œuf et s'enfuirent, mais Lucrezia Borgiac était d'une autre trempe. Elle bondit sur sir Francis qui atterrissait et lui planta ses

dents jaunes dans la cuisse. Elle était aussi grande et aussi lourde que lui. Les choses auraient pu mal tourner pour le perroquet, dont le bec crochu ne suffisait pas à la tâche, si Béatrice et Bertie n'étaient accourus en caracolant à travers les arbres, attirés par le vacarme. À leur vue, Lucrezia Borgiac lâcha prise, et déguerpit.

– Mais qu'est-ce qu'il se passe ? crièrent les dodos. Ils écoutèrent alors, horrifiés, sir Francis leur raconter ce qui était arrivé.

– Quelques minutes de plus et ces pirates auraient pris votre œuf comme petit déjeuner !

– Franck, mon vieux, dit Bertie d'un ton bourru, vous avez sauvé notre enfant ! Comment pourrons-nous jamais vous remercier ?

– Et votre patte saigne, mon pauvre Franck ! ajouta Béatrice.

– C'est rien, rien qu'une égratignure pour un vieux loup de mer, mais ce sale gros rat m'la paiera cher, c't'égratignure, j'vous l'garantis ! Quant à vous, mes amis, soyez sur vos gardes. Si vous voulez que cet œuf éclose, faudra plus le laisser sans protection désormais. Béatrice, faut qu'elle couve tout de suite, et Bertie et moi, faut qu'on soit de garde. Faut surveiller, surveiller jusqu'à ce que le petit naisse, dit sir Francis Drake.

Aussi, sans plus de cérémonie, Béatrice s'installa sur l'œuf. Bertie faisait ronde sur ronde autour d'elle, s'échauffant de colère en pensant aux rats et à leur scélératesse. Sir Francis, lui, s'était envolé vers la mer pour tremper sa cuisse dans l'eau salée.

Tapie dans les buissons, tout près de là, Lucrezia Borgiac était folle de rage.

– Sale perroquet jacteur ! gronda-t-elle. Est-ce que ce sont ses oignons, quel œuf on prend ?

– On peut plus le prendre maintenant, M'man, dit l'un des fils Borgiac. Le gros oiseau est dessus, y a qu'à en trouver un autre. Y en a plein partout.

– Ferme-la, fils. C'est cet œuf-là que je veux, ne serait-ce que pour embêter ce maudit perroquet.

Elle lécha les blessures que sir Francis lui avait causées avec son bec, et ses yeux perçants étincelèrent de fureur,

– La prochaine fois, c'est pas dans sa cuisse que j'enfoncerai mes crocs, mais dans sa gorge ! éructa Lucrezia Borgiac.

7

Une naissance

« Faut du renfort », s'était dit sir Francis
Drake en pataugeant prudemment tout
au bord de l'eau (car, comme beaucoup
de marins, il ne savait pas nager). Il s'envola pour chercher Félix et Fatima en fre-
donnant une chanson de bord.

Il ne fallait cependant pas attendre
d'aide de ce côté car Fatima elle-même
était sur le point de pondre. Après les
avoir très sérieusement avertis du danger
que représentaient les rats, sir Francis

s'envola donc à la recherche de tante Florence.

Il la trouva en compagnie du nommé Hugo, le dodo bien conservé malgré son âge. Ils se tenaient tous deux aile contre aile, comme le font les amoureux. Malgré l'inexpressivité des dodos, le perroquet trouva que ceux-ci donnaient l'image même du bonheur. Il se posa devant eux et, boitillant vers tante Florence, dit :

— Bien le bonjour, chère Madame. Vous vous souvenez de moi ?

— Sir Francis ! s'écria tante Florence en riant. Quel plaisir de vous revoir ! Bien sûr que je me souviens de vous ! Tout le monde a l'air de penser que j'ai perdu la mémoire ! Et elle rit à nouveau de plus belle.

« Quelle veuve joyeuse », pensa sir Francis. Il surprit le regard d'Hugo, parfaitement inexpressif. « C'est aussi bien, il ne sait rien d'elle, et vice versa. Le pauvre oncle Éric se retournerait dans sa tombe s'il en avait une. »

Tante Florence se tourna vers son compagnon légèrement plus menu qu'elle.

– Hugo, permettez-moi de vous présenter sir Francis Drake. Sir Francis est un ami de mon tout nouveau neveu.

– Enchanté de faire votre connaissance, Monseigneur, dit Hugo en saluant si bas que son bec toucha le sol.

Pris de court par tant de courtoisie, sir Francis répondit :

– Vot' serviteur, Môssieur.

Il s'arrangea pour mettre un genou à terre, mais sa patte blessée le fit tant souffrir qu'il dut vite étouffer une bordée de jurons.

– C'est rapport à Bertie et à Béatrice que j'viens vous voir, Mââme.

– Appelez-moi Florence, je vous en prie !

– Pour vous d'mander vot' aide.

– Mon aide ? J'espère qu'ils n'ont pas d'ennuis, sir Francis ?

– Appelez-moi Franck, je vous en prie !

– Dois-je ? Sir Francis sonne si bien !

– Oh ! à vot' guise ! dit le perroquet avec quelque humeur. Il voulait à tout prix revenir au nid avant la tombée de la nuit. Elle survenait si brusquement, ici, sous les Tropiques ! Il dépeignit donc brièvement la situation.

– Vous comprenez bien, conclut-il, que la seule façon de sauver l'œuf de Béatrice et de Bertie, c'est d'rassembler toute l'aide possible. On peut compter sur vous ?

– Bien sûr ! Pensez que ce sera ma petite-nièce ou mon petit-neveu ! Que ces rats osent se montrer, n'est-ce pas, Hugo ? Et ils verront !

Hugo redressa ses épaules arrondies et fit bouffer les plumes de son maigre poitrail.

– Et le combat cessera, faute de combattants ! s'écria-t-il. Nous vivants, ils n'auront pas le nid.

« Quel comédien ! pensa sir Francis en s'envolant à toute allure. Croirait qu'on défend Béatrice contre une horde de

loups voraces et non contre une poignée de gros rats. » Mais en touchant terre, sa patte lui fit mal et il se rappela qu'un de ces rats était peu ordinaire. Il fut très soulagé de trouver Béatrice couvant calmement, avec, près d'elle, Bertie montant la garde.

– Ils sont partis, Franck, cria celui-ci. Les rats sont partis !

De sa cachette, Lucrezia Borgiac vit le perroquet arriver, suivi peu après par deux autres dodos qui marchaient d'un pas lourd à travers les arbres.

Elle avait congédié ses cinq fils, leur disant de bien se montrer en s'éloignant du nid. Elle se doutait que les dodos ne savaient pas compter. Voyant le départ des fils, ils relâcheraient donc leur surveillance et laisseraient à nouveau l'œuf sans protection. Elle ignorait comment elle pourrait le casser seule. Peut-être pourrait-elle le faire rouler plus loin pour le cacher quelque part.

Cependant, voyant les renforts arriver, elle comprit qu'il n'y avait plus rien à tenter jusqu'au lendemain. L'obscurité s'épaississait, la rate disparut furtivement.

Le jour suivant, sir Francis avait organisé les tours de garde. Les veilles de quatre heures chacune, comme les quarts marins, étaient partagées entre Bertie, tante Florence et Hugo de telle façon que chacun pût dormir huit heures et farfouiller pour se nourrir et pour nourrir Béatrice. On ne pouvait évidemment pas lui demander de couver sans répit pendant six semaines. Elle devait quitter son œuf au moins deux fois par jour pour se dégourdir les pattes et se détendre. Cela pouvait durer un quart d'heure à peu près. Les ordres de sir Francis étaient clairs. Le dodo de garde devait alors couver l'œuf.

Tante Florence accepta cette tâche sans discuter. Ce fut un tout petit peu différent quant à Bertie et à Hugo. Ils savaient tous deux qu'il était juste que les dodos mâles participent, mais ni l'un ni l'autre ne se bousculaient pour le faire. C'était d'un tel ennui ! Hugo le fit cependant, car tante Florence le lui avait demandé d'une façon bien charmante. Bertie également, pour la bonne raison que Béatrice le lui avait ordonné.

Sir Francis s'était dispensé des tours de garde pour trois bonnes raisons. Premièrement, bien qu'il sût que n'importe quel dodo était capable d'écrabouiller ou d'aplatir un rat le plus facilement du monde, il doutait de sa propre force en combat singulier, après sa récente expérience contre une bande de pirates à l'assaut !

Deuxièmement, et c'était le seul atout qu'il possédait, il devait profiter de sa capacité à voler pour pouvoir surveiller les environs le jour et donner l'alarme en cas de danger.

Troisièmement, il projetait de tuer Lucrezia Borgiac.

Lucrezia, elle aussi, avait un plan.

Les jours succédaient aux jours et les semaines aux semaines. Pas un instant l'œuf ne fut sans surveillance. La fureur et la frustration de Lucrezia n'en croissaient que davantage.

À tout instant, sir Francis venait faire un brin de causette avec Béatrice ou avec le dodo de garde. À cette vue, les dents de Lucrezia Borgiac grinçaient de rage.

– Ce maudit perroquet! grommelait-elle. On aurait déjà eu l'œuf, sans lui! À ce train-là, il doit être prêt à éclore.

Et elle aussi se mit à pondre un plan.

Les choses se passaient de telle manière que l'œuf était toujours couvé par l'un ou par l'autre des grands oiseaux. Ses fils et elle n'arriveraient donc jamais à le casser. Et pourtant, cassé, il allait le devenir, et rapidement. Le poussin s'en chargerait, en le lézardant pour venir au monde. Alors encore mouillé et déplumé, il tituberait hors des débris de la coquille, pendant que ses parents et sûrement ce maudit perroquet seraient tous autour de lui à l'admirer… hors de leurs gardes… Ce serait là le moment pour elle et ses fils d'attaquer et de frapper à mort! Mieux encore, elle aussi pourrait recruter du renfort, une bande de «durs» pour tuer le poussin, tuer le perroquet et, avec un peu de chance, peut-être même tuer les dodos!

Lucrezia Borgiac frémit de plaisir.

Sir Francis Drake avait surveillé la rate tout le temps qu'elle concevait ses projets. Il avait souvent l'habitude, au large, de se jucher dans la mâture, dans le gréement ou le nid-de-pie. Là, il observait les marins lorsqu'ils mettaient à la voile et les embrouillait par les ordres qu'il criait avec la voix du capitaine.

Il était maintenant silencieux, posé à la cime d'un grand palmier. De là, il surveillait les allées et venues de la rate. Évidemment, il ne soupçonnait rien de ses plans, mais il connaissait exactement le chemin qu'elle empruntait chaque jour. Il connaissait également l'emplacement de la cachette d'où elle espionnait tout. Pour y arriver, elle devait marcher à découvert juste en dessous du palmier où il se trouvait.

Le plan de sir Francis était simple. Le même missile qui avait provoqué l'amnésie de tante Florence devait provoquer la mort de Lucrezia Borgiac.

Il lui fallait compter avec la chance autant qu'avec le discernement. Il n'avait en effet pas le droit de se tromper et devait viser juste du premier coup : une énorme noix de coco était accrochée à quinze pieds au-dessus de cet espace découvert. Chaque jour, le perroquet rongeait davantage la tige qui retenait la noix.

Enfin, le grand jour arriva. Tout était prêt. Béatrice se réveilla avec une sensation bizarre. Quelque chose remuait sous elle tandis qu'elle entendait un tout petit bruit, un minuscule pépiement. Par chance, Bertie était de garde. Il accourut dès qu'elle l'appela.

Lucrezia Borgiac, qui était tapie à observer avec un de ses fils, l'envoya aussitôt chercher ses frères et la vingtaine de gros rats qu'elle avait enrôlés. Dès qu'ils arrivèrent, elle donna ses ordres.

– Pas un bruit, pas un geste, siffla-t-elle, jusqu'à mon signal.

Là-haut, sir Francis attendait. La noix de coco ne tenait plus que par quelques brins.

Les minutes s'écoulaient. Rien ne bougeait du côté du nid, à part Bertie qui sautait nerveusement d'une patte sur l'autre.

Soudain Béatrice se mit soigneusement sur le côté. C'est à ce moment précis que la vieille rate sortit sans bruit et s'avança franchement à découvert pour bien voir le nid. Le poussin avait éclos !

Les petits yeux perçants de Lucrezia Borgiac étincelèrent, mais avant qu'elle eût le temps de lancer «À l'attaque !» sir Francis Drake referma son bec pour sectionner le dernier brin rattachant la noix de coco.

8

Un repas

Le calcul était exact. La cible fut atteinte.

Prêts à bondir, les rats attendaient que Lucrezia Borgiac crie : «Chargez !» Au lieu de cela, ils entendirent un grand bruit sourd, puis quelque chose gicler.

Tout en haut, d'une voix tranquille et satisfaite, le petit amiral dit : «Coulée, corps et biens.»

Puis le plus courageux des fils Borgiac arriva furtivement à découvert et renifla, tout hérissé, les restes aplatis de sa mère.

Alors, avec un glapissement d'horreur, il s'enfuit, emmenant le reste de la bande de rats paniqués.

Sir Francis vola vers le nid.

– Franck! Franck! cria Béatrice, en extase. Regardez-le, n'est-il pas splendide?

Sir Francis regarda le dodelet nouvellement éclos. Durant sa longue vie, il avait déjà vu d'horribles créatures, mais jamais une aussi hideuse. Il esquiva la réponse en disant de la voix la plus ferme qu'il put:

– C'est un garçon, n'est-ce pas?

– Un fils pour mon Bertie. Un héritier pour porter son nom! dit tendrement Béatrice.

– Il va s'appeler comme son père?

– En fait, non, Franck, dit Bertie, nous venons d'en discuter et nous nous disions que nous aimerions lui donner votre nom. C'est vous qui lui avez sauvé la vie quand il était encore un tout jeune œuf.

«Et je viens encore de le sauver maintenant qu'il est un poussin éclos», pensa le perroquet. Il ne voulut cependant pas gâter la joie des parents en révélant le dramatique destin auquel leur enfant venait juste d'échapper.

– Vous voulez dire qu'il va s'appeler Francis ? demanda-t-il.

– Ou Drake, dit Béatrice. À vous de choisir, Franck.

– Eh bien, ni l'un ni l'autre ! répondit sir Francis. J'ai souvent pensé que si j'avais pu avoir un fils, il se serait nommé Hawkins ou Frobisher !

– Ce ne sont pas des noms courants, dit Bertie. Vos frères, peut-être ?

– Frères d'armes, mes semblables, de fameux marins, tous deux !

– Oh ! Bertie parut embarrassé. À vrai dire, je ne tiens pas trop à ce que mon fils porte le nom d'un singe de mer. Oncle Éric, vous savez…

Il n'acheva pas sa phrase.

– Mais mon nom est celui d'un marin ! dit sir Francis avec vigueur.

– Oui, mais c'est différent, Franck très cher, enchaîna Béatrice. Mais j'ai une idée. On peut peut-être trouver un nom qui ait un rapport avec votre homonyme, un événement, ou un endroit, peut-être?

Le perroquet réfléchit.

– Si ç'avait été une fille, elle aurait pu s'appeler Armada. Attendez, vous disiez un endroit... Et si le petit avait le nom d'un village d'où vient le vrai sir Francis Drake?

– Où était-ce, Franck? demanda Bertie.

Sir Francis se rendit compte de la difficulté d'essayer d'expliquer à deux dodos ce que pouvait être le continent européen, la Grande-Bretagne et le comté du Devon. Les dodos ne pensaient même pas qu'il puisse exister un autre univers que leur petite île de l'océan Indien. Il répondit donc simplement:

– Tavistock, c'est là qu'est né le vrai sir Francis Drake. Ça pourrait faire un beau nom pour le petit!

– Tavistock, réfléchit Béatrice. J'aime bien ! Et toi, Bertie ?

– Ce n'est sûrement pas un nom banal, répondit Bertie.

– C'est un nom pas commun pour un enfant hors du commun, dit sir Francis, toisant avec dégoût l'enfant nu déplumé et flasque qui chancelait les yeux encore clos. Son drôle de bec était déjà ouvert, quémandant de la nourriture avec des cris enroués.

– Il a faim, Dieu soit loué ! cria Béatrice. Bertie, il faut chercher quelque chose pour Tavistock.

– Quoi donc, ma très chère ? Quelque chose de facile à digérer ? Du lait de coco, par exemple ? demanda Bertie.

– Mais non, voyons ! Il lui faut de la viande rouge pour lui remplumer le poitrail, un joli ver bien juteux, voilà !

Comme Bertie disparaissait, tante Florence et Hugo arrivèrent. La mère, très fière, put enfin montrer son enfant sous toutes les coutures, une fois de plus.

Tante Florence était enchantée de son nouveau petit-neveu Tavistock.

– Il a quelque chose de son père, dit-elle, mais il a vos pieds, Béatrice ! Quant à son bec… eh bien, à mon avis… il ne vous rappelle rien, Hugo ?

Un bec bien crochu était le point le plus important parmi les canons esthétiques des dodos, et Hugo répliqua comme il le fallait.

– Son bec est vraiment parfait, Florence, c'est la copie conforme du vôtre.

Hugo était bien soulagé de ne plus avoir à faire des gardes (à cause de ses varices qui le faisaient souffrir). Il l'était davantage de ne plus avoir à couver accroupi. Puis, sentant qu'il n'avait pas assez fait de cas de Béatrice, il lui tourna le plus joli compliment qu'il put trouver.

– J'ai vu beaucoup de choses dans ma longue vie, mais jamais, au grand jamais, une aussi jolie maman et un aussi bel enfant ! Et il fit un grand salut plein de courtoisie.

– Bien parlé ! s'écria tante Florence.

– Merci, murmura doucement Béatrice.

À voix basse, sir Francis Drake laissa échapper une bordée de jurons et s'élança dans le ciel.

Pendant ce temps-là, Bertie cherchait toujours un ver pour Tavistock. Béatrice avait dit de trouver un ver et il savait qu'il valait mieux ne pas revenir le bec vide. Il eut beau fouiller partout, ce fut en vain.

Il arriva alors dans un endroit dégagé, juste sous un grand palmier au milieu duquel était une grosse noix de coco. Et, sous la noix, il y avait un corps aplati. Bertie en fit le tour.

– Un rat, et tout raplati, de surcroît, dit-il.

En fait, on voyait peu de choses de la défunte Lucrezia Borgiac, car sa tête et son corps étaient cachés par la noix. Une seule partie dépassait : rosâtre, nue, serpentine et mesurant bien une vingtaine de centimètres. Bertie étudia la queue de la rate.

– On dirait bien un ver géant...

Il le coupa à la racine avec son bec et l'emporta.

On ne sut jamais si Béatrice fut satisfaite car elle était partie se promener avec tante Florence pour dégourdir ses pattes ankylosées. Quant à Hugo, qui devait monter

la garde, très reconnaissant, il décampa
sans demander son reste quand Bertie
réapparut. Bertie regarda tendrement le
creux du nid où Tavistock reposait, criant
de faim.

Délicatement, il déposa son offrande
dans le bec béant. Le poussin se mit à

l'engloutir avec des hoquets convulsifs, sa lourde tête tremblant de manière inquiétante sur son corps osseux. Centimètre par centimètre le ver disparut. Tavistock, épuisé par l'effort, s'écroula, endormi. L'extrémité du bout de la queue, c'est-à-dire l'ultime partie de Lucrezia Borgiac, dépassait encore de son bec.

9

Un choix

Une semaine après la naissance de Tavistock, l'œuf de Fatima avait éclos. C'était une petite fille, qu'on appela Fantaisie (comparée au grotesque poussin de Béatrice, elle était presque jolie).

Le choix du prénom avait été arrêté de manière imprévue. Félix et Fatima discutaient du sujet depuis des heures et avaient retenu trois prénoms convenant aussi bien à une fille qu'à un garçon. Soudain un brusque orage tropical s'était levé et le vent rendit leur conversation inaudible.

– À toi de choisir, cria Fatima du nid. Claude, Dominique, Michel ou Alix ?

– Je n'entends rien ! hurla Félix. Appelle-le selon ta fantaisie !

Tout ce que Fatima entendit fut ce dernier mot. Dès que Fantaisie fut couverte de plumes, Félix et Fatima l'emmenèrent rendre visite à Bertie et à sa famille. Chaque maman se pavanait fièrement avec son rejeton et complimentait abondamment celui de l'autre. Aucune, cependant, ne pensait ce qu'elle disait.

– Quelle adorable petite fille ! s'exclamait Béatrice (alors qu'elle pensait : « Quelle grande godiche aux traits grossiers, et sûrement trop gâtée. Rien à voir avec mon Tavistock ! »).

– Quel beau garçon robuste ! renchérissait Fatima (qui le trouvait fluet, avec une petite mine, sûrement sous-alimenté. Il n'arrivait pas à la cheville de sa Fantaisie).

Néanmoins, elles ne furent pas longues à faire des projets de mariage.

– Ils forment un joli couple, dit Béatrice contemplant les deux dodelets.

– Oui, on ne sait jamais, convint Fatima.

– Dans un an ou deux, qui sait ?

– Un garçon et une fille du même âge.

– Qui grandissent ensemble, bien sages.

– Ce serait absolument charmant !

– Et nous serions toutes deux grand-mamans, dit Béatrice.

Bertie et Félix se regardèrent et levèrent les yeux au ciel.

« Ah, les mères ! pensèrent-ils. Les deux poussins sont juste éclos et elles les marient déjà ! » Et d'un commun accord, ils tournèrent les talons et s'en furent ensemble.

– Allons à la plage, dit Béatrice.

– Oui, répondit Fatima. Les enfants pourront jouer sur le sable.

– Allez jouer, maintenant, dirent-elles une fois arrivées. Amusez-vous ensemble gentiment.

Tavistock regarda Fantaisie avec mauvaise humeur.

Fantaisie regarda Tavistock avec dédain.

– Tavistock, quel drôle de nom ! dit-elle.

– Et Fantaisie, alors !

– Mais c'est plus joli, et ça me va bien, tu ne trouves pas ?

– Qu'est-ce que tu veux faire ? grogna Tavistock.

– On pourrait barboter, dit Fantaisie.

– Pas envie. Et puis le sel est pas bon pour la santé, c'est maman qui l'a dit !

– Bon, le premier arrivé à la mer, alors !

Tavistock la regarda. Elle était plus jeune que lui et pourtant elle était déjà aussi grande et ses jambes avaient l'air drôlement costaud. « Elle va me battre à plate couture », pensa-t-il. Il marmonna « pas envie de faire la course », fit demi-tour et partit en traînant la patte. Fantaisie s'assit et commença à se lisser le plumage.

Bertie et Félix buvaient tranquillement au ruisseau quand sir Francis Drake les rejoignit en se posant près d'eux.

– Ohé, mes jolis !

Il se désaltéra puis reprit :

— Faut qu'j'vous parle, les gars, et en privé.

— Qu'est-ce qu'il y a, Franck ? demanda Bertie. Ç'a l'air sérieux !

— Et comment que c'est sérieux ! Venez avec moi une minute, et vous allez comprendre.

Ils longèrent la rive jusqu'à l'endroit où le ruisseau débouchait des arbres vers l'Océan.

— Bon, qu'est-ce que vous voyez ?

— Des dodos, dit Félix.

— Oui, mais, justement, vous voyez rien de particulier ?

— Eh bien, dit Bertie, je vois Béatrice et Fatima qui bavardent comme toujours. Je vois tante Florence et le vieil Hugo aile contre aile, l'air énamouré. La petite Fantaisie se lisse le plumage et on dirait bien que Tavistock boude.

— Mille sabords ! cria sir Francis. C'est pas ça qu'i' faut voir, ça se voit pourtant

comme le nez au milieu de la figure, si vous regardez bien. Votre Fantaisie, Félix, et votre Tavistock, Bertie, c'est quoi ?

— Des dodelets, répondirent les pères.

— Et combien d'autres dodelets que vous pouvez voir sur cette fichue plage ?

Bertie et Félix regardèrent attentivement.

– Tiens, dit Bertie, il n'y en a pratiquement pas ! Juste quelques-uns un peu plus grands que nos enfants. Aucun de la même taille, et pas un seul plus petit. Pourtant, d'habitude, il y en a plein sur la plage. Où sont-ils passés ?

– Ils n'ont jamais éclos, dit sir Francis Drake. Les rats y ont veillé. Z'étiez tellement occupés par vot' propre couvée tous les deux qu'z'avez même pas remarqué ce qui se passait. L'île est envahie de rats. Y a pas un seul œuf qui leur échappe. Je les ai même vus attaquer des poussins juste éclos. Ils se répandent comme le feu. C'est comme ça, avec les rats. Mais, pour vous, c'est pas le cas. Y a presque plus de dodelets et bientôt même vos petits seront plus en sécurité. Si ça continue comme ça, avec les vieux dodos qui meurent sans être remplacés, ce sera la fin de vous tous. Je vous ai déjà prévenus ; Bertie avait même

dit : « Les dodos existeront toujours », c'est ça, hein ?

– Mais, Franck, que pouvons-nous faire ? dit Bertie.

– Tuer les rats, énonça sir Francis. Mais c'est pas possible parce qu'ils sont trop nombreux, trop rapides et trop rusés. J'ai eu de la chance d'en couler un.

– Oh ! C'était donc vous ? demanda Bertie.

– Oui. Mais j'peux pas les tuer tous à coups de noix de coco.

– Alors, quoi ? dit Félix.

– C'est bien simple, expliqua sir Francis. Les rats maîtriseront l'île avant peu, et tôt

ou tard tous les dodos mourront. C'est-à-dire ceux qui resteront. Mais si vous voulez survivre avec vos familles y a qu'une seule chose à faire.

– Quoi donc ? interrogea Bertie.

– Prendre la mer, répondit sir Francis Drake.

10

Le bateau

– Mais… Nous ne savons pas nager ! dit Bertie.

– Moi non plus, dit sir Francis.

– Oui, mais vous savez voler ! dit Félix.

– Pas assez loin !

– Alors comment… ? demandèrent-ils.

– Assis, les gars, et posez vos béquilles ! 'Coutez-moi bien. Vous pensez bien que j'aurais pas dit de quitter l'île si j'avais pas eu un plan précis. Quand j'dis « prendre la mer », ça veut dire : partir en bateau !

– Un bateau, qu'est-ce que c'est ?

Sir Francis comprit que ce mot ne signifiait rien pour eux.

– C'est une chose en bois qui flotte sur
l'eau. Les singes de mer sont venus d'dans
et c'est là-d'dans qu'ils ont embarqué vos
compagnons morts, vous vous souvenez ?

Bertie et Félix frissonnèrent.

– Comment pourrions-nous jamais
oublier ? dit Bertie. Mais je ne comprends
toujours pas, Franck. Nous n'avons
aucune de ces choses en bois.

– Mais si ! Y en a une plus loin sur la
côte. À une demi-journée de marche
peut-être. Un jour, peu après le typhon,
j'ai volé par là. La plage était pleine de
débris d'épaves à cause du raz de marée.
Y avait des bouts de mât, des morceaux de
ponts et toutes sortes d'épaves. Eh bien,
par miracle y avait une des deux pinasses
jetées sur le sable juste au-dessus de la
laisse d'eau vive. J'me suis posé dessus. Elle
est tout à fait saine. Une bonne coque de
noix. Pas de rames, bien sûr. Emportées.

De toute manière, aucun d'entre nous ne peut ramer. Mais y a d'la place à bord pour huit rameurs et pour l'homme de barre, donc y a d'la place pour huit dodos et un perroquet vert. Qu'en dites-vous, les gars ? On prend la mer et on fend les flots ?

Bertie et Félix ne répondirent pas. Tout cela était si nouveau pour eux ! Qu'ils fendent les flots, eux, Béatrice, Fatima, la petite Fantaisie, le jeune Tavistock, le vieil Hugo et tante Florence, sous les ordres de sir Francis Drake ? Mais, en fait, le danger était-il si immédiat ? Pourquoi quitter leur île ?

La réponse arriva de façon dramatique.

Pendant que sir Francis parlait aux pères, Béatrice et Fatima étaient allées se tremper les pattes dans la mer, traînant derrière elles Tavistock, boudant. Il avait été grondé par sa mère pour n'avoir pas joué gentiment avec Fantaisie. Celle-ci, restée en haut de la plage, se lissait le plumage lorsque soudain une véritable armée de rats apparut.

Furtifs et silencieux, pareils à un tapis gris sur le sable doré, ils avançaient vers la dodelette qui ne se doutait de rien. Ils étaient quasiment arrivés sur elle au moment où elle les aperçut.

– Au secours ! hurla-t-elle.

– Papa arrive, mon petit ! cria Félix.

– Filez, sales bêtes ! vociféra Bertie. Leurs pattes résonnaient bruyamment.

Quant à sir Francis, il vola sur les rats en les assourdissant de ses cris. « Bas les pattes, gibiers de potence ! » À ce vacarme, au bruit et à la vue des grands dodos les chargeant, les rats hésitèrent, grognant et poussant des cris grinçants, puis reculèrent et s'enfuirent. Plus téméraires, quelques rats bondirent sur la pauvre Fantaisie terrifiée. Ce fut pour mourir transpercés par les coups de bec ou broyés sous les pattes des dodos acharnés.

Le reste de la famille accourait.

– Ça va, ma chérie ? cria Fatima à sa fille.

– Pourquoi ne fais-tu jamais ce qu'on te dit de faire ? lança Béatrice à son fils.

– Ce n'est rien, chéri, dit tante Florence à son petit-neveu.

Hugo, arrivé le dernier, percuta avec férocité un corps gris et flasque.

– Tiens ! Voilà pour toi ! Un rat mort et trépassé !

Encore essoufflés par leurs efforts, Bertie et Félix se regardèrent puis regardèrent sir Francis.

– La question est réglée, dirent-ils. Il faut essayer la mer.

– Bien parlé, frères. Larguez les amarres ! Suivez-moi, faut pas craindre les départs, remettez-vous-en au vieux Franck, c'est votre rempart.

– Allez, venez tous, dit Bertie, suivons Franck.

– Pourquoi ? demanda Béatrice.

– Pourquoi ne jamais faire ce qu'il faut ? fut la réponse de Bertie à sa femme, ce qui fit sourire Tavistock.

Les huit dodos se mirent en route le long de la plage, suivant les instructions de sir Francis.

– C'est plus long par ici, mais plus facile

pour les petiots, plutôt que de traverser les terres.

En fait il avait réfléchi qu'à l'intérieur de l'île, dans l'épaisse végétation tropicale, les rats pouvaient à tout moment leur tendre une embuscade. Mais là, à découvert, on ne pouvait pas les surprendre. Il aurait fallu une témérité folle aux prédateurs pour affronter six dodos adultes en colère.

Pendant que les dodos martelaient le sable de leurs pas, sir Francis volait devant car il marchait affreusement lentement.

De temps en temps il attendait les dodos, puis il reprenait de la hauteur pour prévenir tout danger.

Une fois, il vit dans une clairière une grappe de rats se repaissant de la carcasse d'un animal. Il vola sur eux pendant qu'ils le défiaient en crachant de rage. Il vit qu'ils mangeaient un dodo mort, qu'il supposa être mort de vieillesse. Mais, en s'éloignant, quelque chose lui dit que ce

n'était pas en réalité la cause de sa mort…
Les dodos furent priés d'activer le mouvement.

La nuit tombée, ils ne voyaient toujours pas le bateau. Ils se reposèrent un moment, car les deux dodelets étaient fatigués et avaient mal aux pattes.

Les adultes formaient un cercle autour de Tavistock et Fantaisie, tournés vers l'extérieur. Bien que dans l'obscurité on pût entendre des petits cris grinçants et des courses furtives, les rats n'étaient pas prêts à affronter six becs crochus. La lune se leva alors et les dodos accélérèrent une fois encore le pas.

C'était la pleine lune, si claire et si brillante que sir Francis put voler comme en plein jour. Il revint bientôt à toute allure avec de bonnes nouvelles.

– On y est presque, mes jolis ! cria-t-il. Elle est juste là, après le prochain cap.

Effectivement, les dodos ne mirent pas longtemps à apercevoir la barque du navire. La pinasse était couchée sur le sable juste au-dessus de la laisse d'eau vive, la proue tournée vers la mer. Les oiseaux l'entourèrent et l'inspectèrent avec anxiété.

– On peut bien monter dedans, Franck, mais comment la faire aller sur mer? demanda Bertie.

– Y aura même pas à bouger une aile, Bertie, dit sir Francis. C'est la mer qui fera tout le travail. C'est l'époque de la marée d'équinoxe, qui fait monter au plus haut l'eau sur la plage. Si mes calculs sont exacts (et le vieux Francis Drake connaît la mer), ce soir, au milieu de la nuit, ce sera la plus haute marée de toute l'année. Nous sommes tombés pile. Une heure de plus, et la barque aurait été emportée. Allez, matelots, à bord!

Les dodos grimpèrent comme ils le purent sur les plats-bords de la pinasse et se juchèrent avec maladresse sur les bancs. Sir Francis Drake prit place à l'arrière.

Tous fixaient le front des vaguelettes que la marée rapprochait. Tout à coup, ils sentirent le bateau frémir légèrement. Enfin, une vague toucha la proue.

Ils étaient tous si absorbés à surveiller l'approche de l'eau que pas un ne pensait à regarder derrière le bateau. Là, au moins cinq cents paires d'yeux luisaient sous la lumière de la lune montante.

11

Le voyage

Lucrezia Borgiac n'avait pas vécu en vain, car bien qu'elle n'eût pas légué toute sa férocité et toute sa ruse à ses cinq fils, ils en avaient quand même hérité une bonne part.

Après la mort de leur mère, ils s'étaient séparés, chacun allant vers une partie différente de l'île. Là, chacun chercha comment dominer ou établir son empire sur une centaine de ses congénères. Chaque fils Borgiac se contentait de son territoire en respectant celui de ses frères, car il y avait bien assez de nourriture pour tout le monde.

La base de leur régime alimentaire était bien sûr le grand œuf de dodo. Les Borgiac avaient inventé des moyens plus efficaces pour casser les œufs ; par exemple, les pousser au pied d'un petit escarpement puis les écraser en faisant tomber des roches dessus. Ils étaient vite parvenus à être capables de tuer des poussins nouvellement éclos, puis d'assez gros dodelets. Maintenant, ils parvenaient même à anéantir des dodos adultes, âgés ou malades (c'est ce que sir Francis avait vu).

Le territoire de l'aîné des fils Borgiac touchait la plage de Béatrice et de Bertie. Quand il vit les six dodos avec les deux dodelets entreprendre leur longue marche, l'aîné convoqua sa bande et les suivit. Au début, ce fut par simple curiosité. Les voyageurs poursuivaient leur chemin toujours plus loin le long de la plage. Le jeune chef traversa donc le territoire de son cadet et les deux bandes se joignirent pour continuer la poursuite. On envoya alors des messagers aux trois autres frères. Quand sir Francis et ses amis atteignirent la pinasse, cinq cents rats s'étaient massés aux aguets et s'échauffaient mutuellement au plus haut degré de témérité.

Les fils Borgiac tinrent un conseil de guerre.

– Le perroquet ne compte pas, il crie plus qu'il ne mord, dit l'un.

– Les deux petits non plus, c'est de la bibine, dit l'autre.

– Et les deux vieux, ils peuvent même pas courir ! dit le troisième.

– Ça nous laisse donc quatre dodos, quatre contre cinq cents.

– Et comme la mer est derrière eux, ils peuvent pas s'échapper, dit l'aîné.

– Sauf sous nos dents ! grognèrent ses frères.

L'aîné dit :

– Ah, si m'man était là pour voir ça !

Retournez à vos troupes, frères, et attendez mon signal !

Il donna le signal : « Chargez ! » C'était le cri même que Lucrezia Borgiac n'avait pas eu le temps de pousser. À ce moment précis, la septième et plus grosse vague de la marée annuelle de printemps souleva la pinasse et la tira sur les hauts-fonds. Au moment où les assaillants arrivaient de la plage au galop, une autre vague, puis une autre et encore une autre entraînaient le bateau de plus en plus loin.

La plage, qui s'éloignait, était maintenant recouverte d'une armée de rats furieux, jacassants et frustrés. Puis la marée changea et le reflux survint.

Sir Francis Drake et son équipage continuaient de s'éloigner vers le large.

– Ç'a été de justesse, on peut le dire, laissa tomber brièvement le petit amiral.

À part Tavistock et Fantaisie qui s'étaient endormis, épuisés, à peine arrivés à bord, ignorants du danger, les dodos étaient dans tous leurs états de joie et de soulagement.

– Vous les avez vus ? dit Béatrice.

– Il y en avait des centaines et des centaines, affirma Fatima.

– Nous n'aurions jamais pu faire face à un tel nombre, dit Hugo.

– Quelle évasion ! soupira Félix.

– Entièrement réussie, grâce à notre noble sir Francis ! déclara tante Florence.

– Oui, dit Bertie sobrement, nous vous devons la vie, Franck. Mais, maintenant, que faire ? Où aller ?

– Bertie, répondit sir Francis, j'n'en sais trop rien. C'que j'espère, c'est qu'avec l'aide du vent et du courant – et de beaucoup de chance – on va se retrouver sur une autre île.

– Il existe d'autres îles ?

– Des douzaines et des douzaines par ici. Y en a d'aussi grandes que la vôtre, d'autres beaucoup plus petites. Les singes de mer – comme vous les appelez

– en connaissent quelques-unes, mais pas toutes. Beaucoup sont inconnues. C'est une comme ça qu'i' faut espérer trouver.

– Mais comment allons-nous survivre, Franck? demanda Béatrice. Qu'allons-nous boire et manger?

– On pensera à ça demain, dit le perroquet. Maintenant, faut se reposer et dormir. La nuit est claire, le vent comm' i' faut, et c'est vot' capitaine qu'est à la barre!

Le lendemain matin, à leur réveil, ils constatèrent que le courant les avait emmenés à des milles de la terre. D'aussi loin qu'ils pouvaient voir, les dodos ne voyaient que de l'eau et encore de l'eau. Le soleil se leva et ses rayons brûlants s'abattirent sur les voyageurs. Les dodelets commencèrent à ronchonner.

– J'ai chaud, se plaignit Fantaisie.

– J'ai faim, pleurnicha Tavistock. Et ils se mirent à gémir tous les deux.

– On a soif et on a mal au cœur!

Même les adultes commençaient à maugréer.

– Je ne vois aucune de vos douzaines d'îles, Franck, dit Béatrice, maussade.

Le moral de l'équipage de sir Francis était bien bas. Tous les oiseaux haletaient de soif au fond de la pinasse, leurs petites ailes ouvertes, le bec béant.

Le perroquet décida d'essayer de leur remonter le moral.

– 'Savez, le vrai sir Francis Drake, il s'est battu contre les Espagnols.

– Qu'est-ce que c'est? demanda Bertie d'une voix pantelante.

– Une autre variété de singes de mer. Et mon Francis trouvait toujours où étaient leurs navires pour les attaquer. Les Espagnols croyaient même qu'il avait un miroir magique dans sa cabine. I' croyaient qu'il pouvait voir au-delà de l'horizon. Eh bien, j'ai pas de miroir magique, mais j'peux voir par-delà l'horizon, moi, si j'vole assez haut.

– Vous n'allez pas nous quitter, sir Francis ? demanda tante Florence avec anxiété.

– Du calme, Mâdâme, juste un petit tour là-haut pour voir c'que j'peux voir. J'serai revenu avant qu'vous ayez le temps de dire ouf ! Et il s'éleva en flèche dans le ciel pur.

Son retour réveilla les dodos de leur léthargie, mais, hélas, il n'avait rien à signaler, sinon la promesse d'un changement de temps. Là-haut, il avait pu apercevoir de méchants nuages se formant au loin.

– Ça ne va pas être un autre typhon ? s'écria Béatrice effrayée.

– Ma foi, non, juste un grain des Tropiques, et c'est bon pour nous, j'vous le dis, affirma sir Francis avec entrain.

En effet, ils furent bien contents car, quand éclata la bourrasque, elle déversa un déluge qui rafraîchit leur corps bouillant.

Puis le grain passa, laissant au fond du bateau une grande flaque d'eau qui leur permit d'étancher leur soif.

En prime, le passage de la bourrasque semblait avoir excité un grand banc de poissons volants. Les poissons sautaient à la surface de l'eau, volaient sur les vagues, étincelants et irisés. Une vingtaine d'entre eux, ou peut-être davantage, tombèrent dans la pinasse et les dodos purent se régaler.

À la tombée de la nuit, tout le monde avait donc bien bu et bien mangé. Le soleil se coucha derrière les vagues, et avec lui disparut sa terrible chaleur. Sir Francis chanta d'entraînantes chansons de bord. Tout le monde commençait à penser que le jour suivant apparaîtrait le sanctuaire recherché.

Mais le lendemain vint et s'effaça sans le moindre aperçu d'une terre, et le lendemain ce fut pareil ainsi que le surlendemain.

À deux reprises, ils furent balayés par une pluie d'orage. D'autres poissons volants sautèrent encore à bord. Et, le cinquième jour, il n'y avait toujours rien ; ils étaient tous très affaiblis.

La fin semblait proche.

D'autres créatures s'en rendaient compte car on voyait de grandes formes rôder autour de la pinasse, leur aileron noir triangulaire bien droit et menaçant hors de l'eau. Les requins tournoyaient de plus en plus près. Il y en eut même un qui heurta le bateau avec son museau.

Sir Francis regarda ses compagnons inertes et sans forces. Il fit pour la centième fois le tour de l'horizon du regard. Il était désormais trop fatigué pour faire ses vols de reconnaissance.

Soudain, sir Francis Drake cria d'une voix perçante :

– TERRE !

– Quoi ? répondirent les dodos avec ce qui leur restait de voix.

– Terre à deux degrés babord avant ! Là, j'l'ai vue du haut de la vague ! Là-bas encore ! Ça y est, une terre en vue, les amis ! Vous la voyez maintenant ?

Tous, ils réussirent à se lever et à regarder. Là, à l'horizon, c'était vrai, on voyait une petite forme sombre qui grossissait peu à peu, se dessinant plus distinctement et montrant l'écume blanche des brisants et la ligne verte des arbres au-delà.

Les dodos exprimaient leur extase à grand bruit, toutes faim, soif et fatigue oubliées. Ils avaient abandonné leur paradis terrestre aux forces du Mal, mais voilà qu'ils en avaient trouvé un autre !

Seul sir Francis restait silencieux, sur ses gardes. Il savait en effet que la partie n'était pas encore gagnée et qu'ils n'étaient pas encore à terre. Capitaine, il l'était, certes, mais, hélas, pas dieu de la Mer pour pouvoir commander aux vents et aux courants. Si c'était ce que les dieux de la Mer voulaient, la pinasse voguerait tout droit, passant l'île, et resterait dans l'immensité salée.

Mais les dieux furent cléments.

Comme ils s'en approchaient, sir Francis s'aperçut que ce n'était pas une île ordinaire. Il y avait tout autour, à quelque distance des plages, un atoll de corail, un anneau circulaire rocheux contenant un grand lagon entourant l'île.

« Parfait ! » pensa sir Francis. Pas un navire n'essaierait d'accoster ici, grâce aux rochers déchiquetés qui pourraient trouer la coque ou les chaloupes. Puis il s'aperçut qu'il existait un passage étroit dans l'anneau de corail. C'était un passage où s'engouffrait en bouillonnant la marée montante et vers lequel la pinasse elle-même était aspirée de plus en plus vite.

Pendant un moment, il sembla qu'ils pourraient se faufiler sans bavure par cette entrée, mais au dernier moment un tourbillon s'empara du bateau et le retourna sur le côté. Un fracas se fit entendre lorsque le corail, affûté comme un rasoir, déchira le flanc du bateau par où s'engouffrait déjà la mer.

– Quittez le navire! hurla sir Francis Drake. Les femmes et les enfants d'abord.

Les dodos affolés roulaient de grands yeux. Sous eux, la pinasse prenait l'eau. Devant eux s'étendait le lagon qui les séparait de la terre ferme. Derrière eux ils voyaient avec frayeur aller et venir les nageoires noires et triangulaires.

– Remuez vos moignons ! On coule, il faut nager. Activez vos jambes comme si vous couriez, ça ira, vous verrez. Sautez, Béatrice, sautez, Fatima, et vous, tante Florence, Mââm ! Les petits, accrochez-vous à vos mamans !

Les trois poules dodos sautèrent donc par-dessus bord, Tavistock et Fantaisie, chacun sur le dos de sa mère. Une fois qu'elles eurent quitté le bateau, Bertie, Félix et Hugo suivirent.

Ils firent des prouesses, battant de leurs inutiles petites ailes et pédalant de leurs larges pattes ; au début, ils progressèrent puis ils ralentirent, se retournant sans cesse, terrorisés. Ils ignoraient que les requins ne franchissaient jamais l'étroite ouverture du lagon. Peu à peu, leurs plumes s'imbibant, ils commencèrent à couler.

Sir Francis Drake regardait, perché sur la barre. La tradition était que le capitaine quittât toujours le navire le dernier ; de toutes les façons, il ne pouvait plus rien faire pour les dodos désormais. Il les vit s'enfoncer lentement jusqu'à ce qu'il n'y eût plus que six grosses têtes et deux petites à dépasser de l'eau.

– Adieu compagnons, murmura le perroquet.

Ce fut alors qu'à sa grande surprise et à son soulagement, il vit les têtes remonter peu à peu. Les dodos avaient atteint les hauts-fonds du lagon et marchaient en fait dessus. Après avoir buté brusquement sur le sable, ils s'effondrèrent sur la plage, épuisés et trempés, et cependant sains et saufs.

Dans un dernier gargouillement la pinasse naufragée sombra et disparut.

Sir Francis Drake s'envola pour rejoindre ses amis.

12

Un petit-fils

Ne serait-ce pas idéal de pouvoir dire qu'ils vécurent heureux pour toujours? Toujours est beaucoup dire, car les dodos sont comme les hommes (et les perroquets). Un jour ils doivent mourir, soit à cause de la maladie, d'un accident ou d'une fatale destinée (comme celle du pauvre oncle Éric de Bertie), soit pour cause de grand âge.

Sir Francis et ses amis vécurent en fait réellement heureux très longtemps. En effet, l'île qui était venue à leur rencontre était tout ce qu'ils avaient pu espérer de mieux. Il y avait de l'eau fraîche à boire, de beaux arbres pour s'abriter et abondance de nourriture ; des plantes, des fruits et une grande variété de fruits de mer. Et, par-dessus tout, il n'y avait pas de rats.

Il n'y avait pas non plus d'autres dodos, mais la petite colonie se mit à croître rapidement. Peu après l'accostage, une fois qu'ils furent reposés et qu'ils eurent oublié leurs épreuves, sir Francis eut à exécuter une tâche bien agréable. Ce fut rien de moins que le mariage de tante Florence avec le mûr mais fringant Hugo. Et, peu après, à la surprise générale, tante Florence se mit à pondre un œuf. Un précieux petit poussin en sortit, qui devint la prunelle des yeux de ses parents vieillissants. Quant aux plus jeunes, chaque couple produisit un poussin par an. Selon un heureux hasard, quand Béatrice avait une fille, Fatima avait un garçon, et vice versa. Ainsi, lorsque sur leur ancienne île le dernier dodo tomba sous les griffes

des rats, il y avait une bonne réserve de dodelets sur l'île de Drake. C'est ainsi que les oiseaux avaient baptisé leur nouvelle terre, en l'honneur de leur sauveur. L'une des dernières joies de sa longue vie fut d'être présent lors de la naissance du petit-fils de Béatrice et Bertie et de Fatima et Félix.

Dans leur jeunesse, Tavistock et Fantaisie avaient eu peu d'atomes crochus. Un jour, cependant, Tavistock regarda l'aînée des filles de Félix et de Fatima. Il s'aperçut qu'elle était devenue un ravissant oiseau. Son cœur s'enfla alors dans son poitrail.

Celui de Fantaisie palpitait dans sa poitrine quand ses yeux se posaient sur l'aîné des fils de Bertie et de Béatrice. On ne pouvait pas appeler cela un coup de foudre, mais c'était bien d'amour qu'il s'agissait. C'est ainsi que le vieux sir Francis les maria. Peu après vint au monde un joli garçon qu'ils nommèrent du vrai nom de grand-père Bertie : Hœufbert.

Ainsi qu'il se doit, chacun des nombreux fils et filles de Bertie et de Béatrice grandirent et, le plus naturellement du monde, choisirent comme femme et comme mari l'un des enfants de la très nombreuse famille symétrique de Félix et de Fatima. D'autres bébés naquirent qui devinrent dodelets, puis parents eux-mêmes.

Bien sûr, les poussins de l'île de Drake avaient toutes sortes de noms (y compris, j'ai le plaisir de le dire, plusieurs « Éric »). Quelques noms revenaient pourtant toujours. On ne manqua jamais de Bertie, de Béatrice, de Félix, de Fatima, de Florence et d'Hugo sur l'île de Drake.

Années, décennies et siècles ont passé, mais les mères racontent toujours à leurs enfants les anciennes histoires de singes de mer et de rats, des huit courageux voyageurs et de leur capitaine, le perroquet vert nommé sir Francis Drake.

FIN

Épilogue

Un jour, deux jeunes dodos se tenaient côte à côte sur la plage de l'île de Drake. C'était (mais ils n'en savaient rien) en l'an 2000, trois cent cinquante ans après le début de cette histoire.

Le monde avait beaucoup changé, mais ces dodos, eux, n'avaient pas le moins du monde changé, pas plus que leurs congénères. Lourds, maladroits et patauds, ils se tenaient aile contre aile. L'un (qui, par hasard, se nommait Bertie) dit : « Et si l'on se mariait ? » L'autre (qui s'appelait justement Béatrice) répondit : « Quelle bonne idée ! »

Aussi, n'oubliez pas de sourire quand on vous dira (et on vous le dira sûrement) : « Les dodos sont une espèce disparue. Ils n'existent plus. » Car, maintenant, vous savez (mais ne le répétez pas !) que sur une certaine île, quelque part dans l'océan Indien, les dodos existeront toujours.

Table des matières

L'auteur

Dick King-Smith est né en 1922 à Bitton, en Angleterre. En 1947, après avoir servi durant la Seconde Guerre mondiale en Italie, il prend en charge la ferme familiale. Il s'occupe alors des animaux qui le passionnent depuis son enfance. Il n'a pas le cœur de transformer les bêtes vivantes en marchandises. À partir de 1967, il exerce toutes sortes de métiers, puis retourne à l'université. À cinquante-trois ans, il devient instituteur dans une école primaire des environs de Bath. Encouragé par ses élèves, il se tourne vers l'écriture. L'attaque d'un renard contre ses propres coquelets lui donne l'idée d'une histoire pour la jeunesse, *Les Longs-Museaux* (1978). C'est le début d'une carrière d'écrivain qui compte à ce jour plus d'une centaine de romans où les animaux ont une place primordiale. En 1983, son sixième livre, *Babe, le cochon devenu berger*, remporte le Guardian Children's Book Prize. Le succès est immédiat et le livre sera adapté au cinéma en 1996. Cet immense auteur pour enfants, qui a su comme nul autre faire parler les animaux, s'est éteint le 4 janvier 2011.

L'illustrateur

David Parkins est un illustrateur anglais né à Brighton en 1955. Il a illustré plus de cinquante livres pour enfants et collaboré avec de nombreux auteurs, dont Dick King-Smith. Il travaille aussi pour plusieurs journaux, comme le *Guardian*, pour lesquels il produit des bandes dessinées mais aussi des caricatures politiques. Il vit au Canada, avec sa femme et sa fille.

FOLIO CADET

Du même auteur

Les 9 vies d'Aristote
illustré par Bob Graham

Qui a grimpé sur le toit et dégringolé dans la cheminée ?
C'est Aristote ! Le chaton tout blanc est devenu noir
comme le charbon, un vrai chat de sorcière !
Mais justement sa maîtresse, Bella Donna, la gentille
sorcière, se désespère. Aristote accumule les bêtises et
les catastrophes. Heureusement, comme tous les chats,
Aristote possède neuf vies…

Le dragon des mers
illustré par Peter Bailey

Ce matin-là, en Écosse, une drôle de surprise attend
Angus et Fiona sur la plage. Parmi les trésors que la mer
a laissés après la tempête, ils découvrent un œuf étrange,
d'où éclôt bientôt… un dragon des mers ! La famille
l'adopte aussitôt. Baptisé Crusoé, ce charmant petit
monstre n'a qu'un défaut : il grossit, grossit, grossit…

Retrouve aussi
Sophie la petite fermière

L'escargot de Sophie
illustré par Hannah Shaw

Sophie a deux grands frères jumeaux qui se ressemblent comme deux gouttes d'eau. Quand ils se lancent dans une course d'escargots, Sophie court aussitôt chercher le sien pour les rattraper. Elle adore les animaux et plus tard, c'est décidé, elle sera fermière ! Elle a déjà de vrais animaux, pas comme cette peste d'Aurore…

Le chat de Sophie
illustré par Hannah Shaw

C'est l'anniversaire de Sophie et sa famille lui a offert une ferme miniature avec plein d'animaux en attendant qu'elle en achète une vraie plus tard. Sophie adopterait bien aussi le chat qui est arrivé dans le jardin, mais son père est moins enthousiaste… Et qui s'occupera du chat pendant qu'elle sera à l'école ?

Une surprise pour Sophie
illustré par Hannah Shaw

Le chat de Sophie est une chatte ! Elle a mis au monde quatre adorables chatons. « Pas question de les garder ! » ont dit ses parents. Mais elle peut compter sur son arrière-grand-tante Alice, sa confidente. Et sur Pierre, son nouvel ami qui habite dans une ferme. Le jour de son anniversaire, Sophie aura une surprise… Chut !

Au galop, Sophie!
illustré par Hannah Shaw

Pour ses sept ans, Sophie a reçu un petit terrier blanc
très turbulent. Quand le chiot saute dans la mare,
elle se jette à l'eau sans hésiter. Ses parents décident
alors qu'elle doit apprendre à nager, car cet été, ils ont
loué une maison dans une ferme, au bord de la mer.
Elle pourra aussi apprendre à monter à poney.
Au galop, Sophie!
———

L'anniversaire de Sophie
illustré par Hannah Shaw

Entre une visite à la ferme organisée par la maîtresse
et le spectacle de l'école, Sophie est vraiment très
occupée. Bientôt, elle fêtera aussi son anniversaire.
Pour cette grande occasion, son arrière-grand-tante
Alice a promis de lui offrir son premier cours
d'équitation.
———

Le poney de Sophie
illustré par Hannah Shaw

Sophie et sa famille se rendent en Écosse pour passer
une semaine de vacances chez son arrière-grand-tante
Alice, sa confidente. Elle habite dans une vieille maison
entourée d'un immense terrain avec une ferme.
Sophie, qui rêve de devenir fermière, est folle de joie.
Et, comble de bonheur, elle peut aussi monter à poney…
———

Maquette : Karine Benoit

ISBN : 978-2-07-509715-4
N° d'édition : 327255
Loi n° 49-956 du 16 juillet 1949
sur les publications destinées à la jeunesse
Dépôt légal : mars 2018
Imprimé en Espagne par Novoprint (Barcelone)